星期六晚，我们去散步吧。

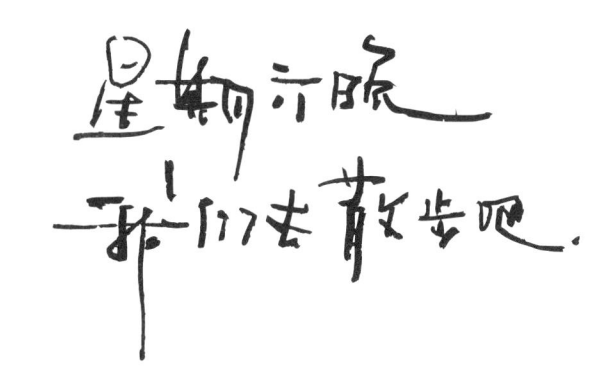

隔花人

著

贵州出版集团
贵州人民出版社

图书在版编目（CIP）数据

星期六晚我们去散步吧 / 隔花人著. -- 贵阳：贵州人民出版社，2023.2（2024.1 重印）

ISBN 978-7-221-17616-5

Ⅰ.①星… Ⅱ.①隔… Ⅲ.①诗集－中国－当代 Ⅳ.①I227

中国版本图书馆 CIP 数据核字（2023）第 011645 号

星期六晚我们去散步吧
XINGQILIU WAN WOMEN QU SANBU BA

隔花人　著

出 版 人	朱文迅
责任编辑	唐　博
装帧设计	Recife
出版发行	贵州人民出版社（贵阳市观山湖区会展东路 SOHO 办公区 A 座，邮编：550081）
印　　刷	天津光之彩印刷有限公司（天津市宝抵区马家店工业园管委会道路东 1 号，邮编：301800）
开　　本	787 毫米 ×1092 毫米　1/32
字　　数	70 千字
印　　张	7.25
版　　次	2023 年 2 月第 1 版
印　　次	2024 年 1 月第 4 次印刷
书　　号	ISBN 978-7-221-17616-5
定　　价	49.80 元

版权所有 盗版必究。举报电话：0851-86828640
本书如有印装问题，请与印刷厂联系调换。联系电话：022-29644996

月亮 太阳 星星 夜晚 晴天 山川 大海

列车 汽笛 旅人 微风 黄昏 新绿

泥土 野花 童年 纸飞机 音乐

手机 熬夜 回忆 沉默

……

都是一首首灵动的诗

篇章一

大自然　回过　神来

选择 003 今天 004 开关 006 用脚决定脑袋 008 自我 010 App 012 机长没有告诉你 014 木头 016 重启 018 秋天 020 难题 022 无聊的大多数 024 温水 026 自然原理 028 认人 029 笔筒 030

篇章二

我们　一起　变好玩

斑马线　路灯　纸　效率　雨　雨刷　风车　后视镜　可乐　晚霞　感冒药　日记本　一个童年　谁跟谁啊　气球　体育课　我爱过很多人　红绿灯　浏览器　猜拳　时钟　错位　摇滚　西瓜　微型世界

篇章三

用杯子 盛 一片海

转交 沙滩的清洁人员 宿命 喜放 换季大清仓 黑屏 清醒的星星 模仿 伤心后遗症 树与树 花与花 回眸 瀑布 独角戏 雨天 G 穿越 更衣室 集体出神 游泳 临终 人与人

篇章四
偶尔　下楼　看看云

游戏　打工　网络　人人有责　作息规律　欢迎　礼物　共鸣　摄影师　一个人　过来人　酒馆　大户人家　默契　失眠　我的解法　阳台　人体是搅拌机器　自然规律　没接住也不会怎么样　巧合　不合群　冒失　天才　无解　讲卫生　清醒的人

篇章五

什么　时候　去散步

拐弯 你变成了月亮 路痴 听妈妈的话 失手 落日夏天 贫穷 新裙子 大方 小纸条 生日快乐 约定 地图 错怪 有空吗 心事 愿望 公转 回家 耳机 猎物 再来一瓶 "接"的造句 轮回 一捧风 钟摆 晾在一边 我不能和你说了

篇章六

当一个 快乐的 小孩

自己做主 七月是没有结果的 台阶 童年小说 镜子 坏蛋 悲伤的具象化 禁止靠近 拯救 真相 视角 后来 好习惯 生存 逃跑的洗衣机 理想 女孩,出去走走吧 交换 牙齿

LET'S GO
FOR A
WALK ON
SATURDAY
NIGHT

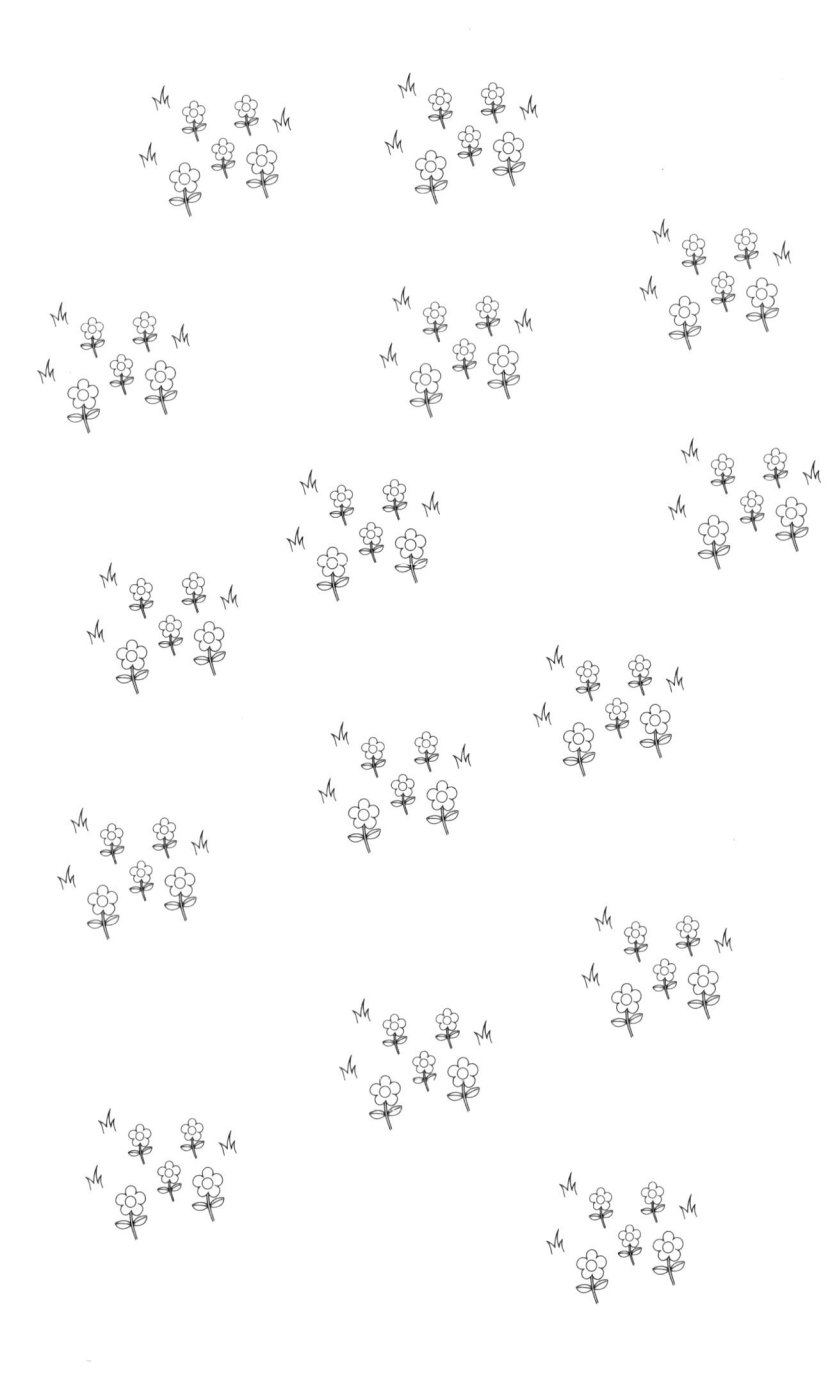

大自然　回过　神来

篇章一

选 择

那些不愿看世界的种子

没有发芽

今 天

明天的事明天再说

没有明天的事不必再说

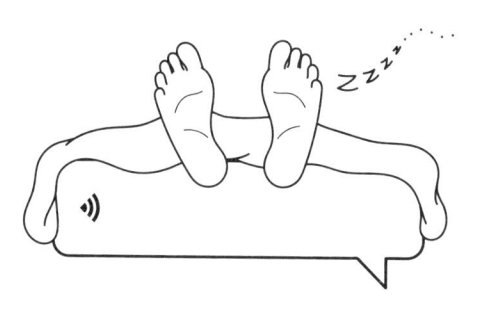

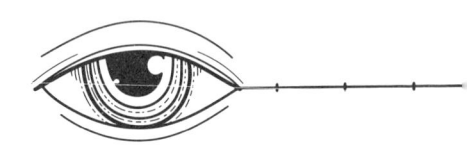

开 关

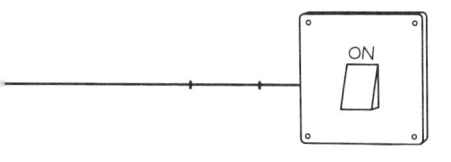

世界一片漆黑

直到我们睁开眼睛

用脚决定脑袋

地铁坐满了人

脚下的鞋子各式各样

它们早有准备

要走不同的路

自　我

灯在墙上的投影

也是一盏灯

如果它不打开自己

便看不清自己

App

你在手机里

打开一扇扇窗户

看见辽阔的世界

和千奇百怪的人类

而这些窗户

没有窗帘

每当你打开

也成为别人的风景

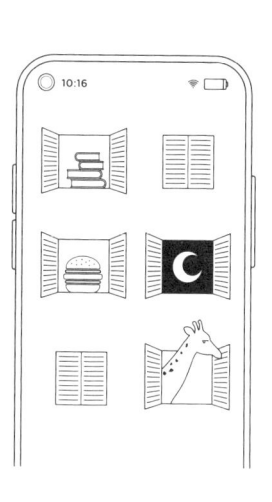

机长没有告诉你

在机场转机

也许是一个转机

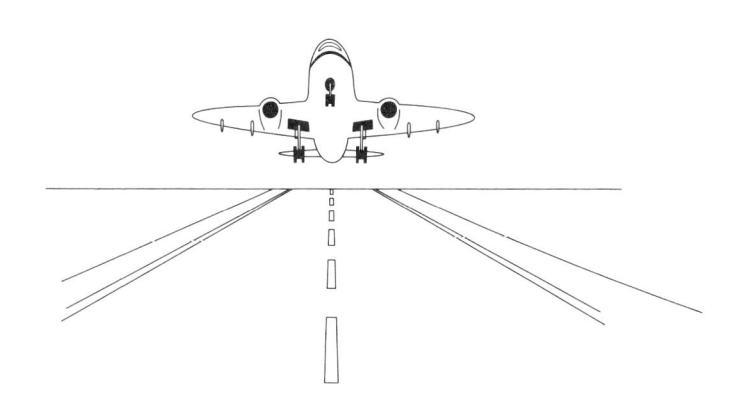

木 头

当你形容一个人

  像个木头

可能并不知道

  一棵树

是因为被剥削

才成为木头

重 启

人类为了辨别彼此

才将世间万物归类、命名

如果忘掉所有文明

我是冬天的西瓜

你是无法修复的代码

秋　天

成年人没有四季

只有工作日和周末

在无需打字就能安睡的周末夜晚

总是不约而同梦见

童年掉落的稻谷

没有留住饥饿的秋天

孩子们躺在秋天里

晒成粮食

没有经历过一次成年

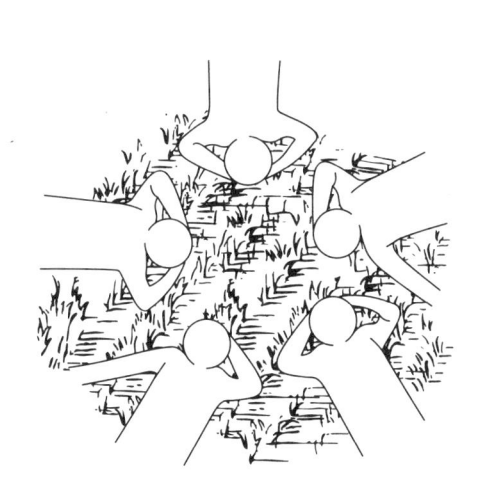

难 题

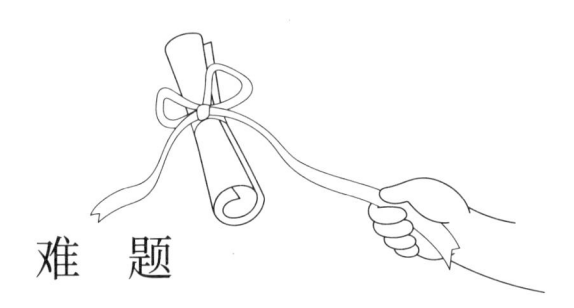

高考那一天

全体家长在校门口罚站

我要考多少分

才有资格把爸爸领回家

无聊的大多数

重复的日子

是在日历上签到

每一天都力透纸背

每一天都在等待报废

温　水

嚼了很久口香糖

才发现没味道

日子过得没滋没味

也是过了很久才发现的

自然原理

晚霞和日出之间

藏着许多失去

和得不到

认　人

天色暗下来的时候

没有人知道对方在哪

于是我们学会用声音

举起火把

笔　筒

笔筒是笔的家长

它望子成龙

有朝一日笔能写出

惊人的文学

名声会洗干净

它黑色的教诲

许多家长排队祈祷

成为笔筒

干巴巴站着

孕育出一个不会断水的孩子

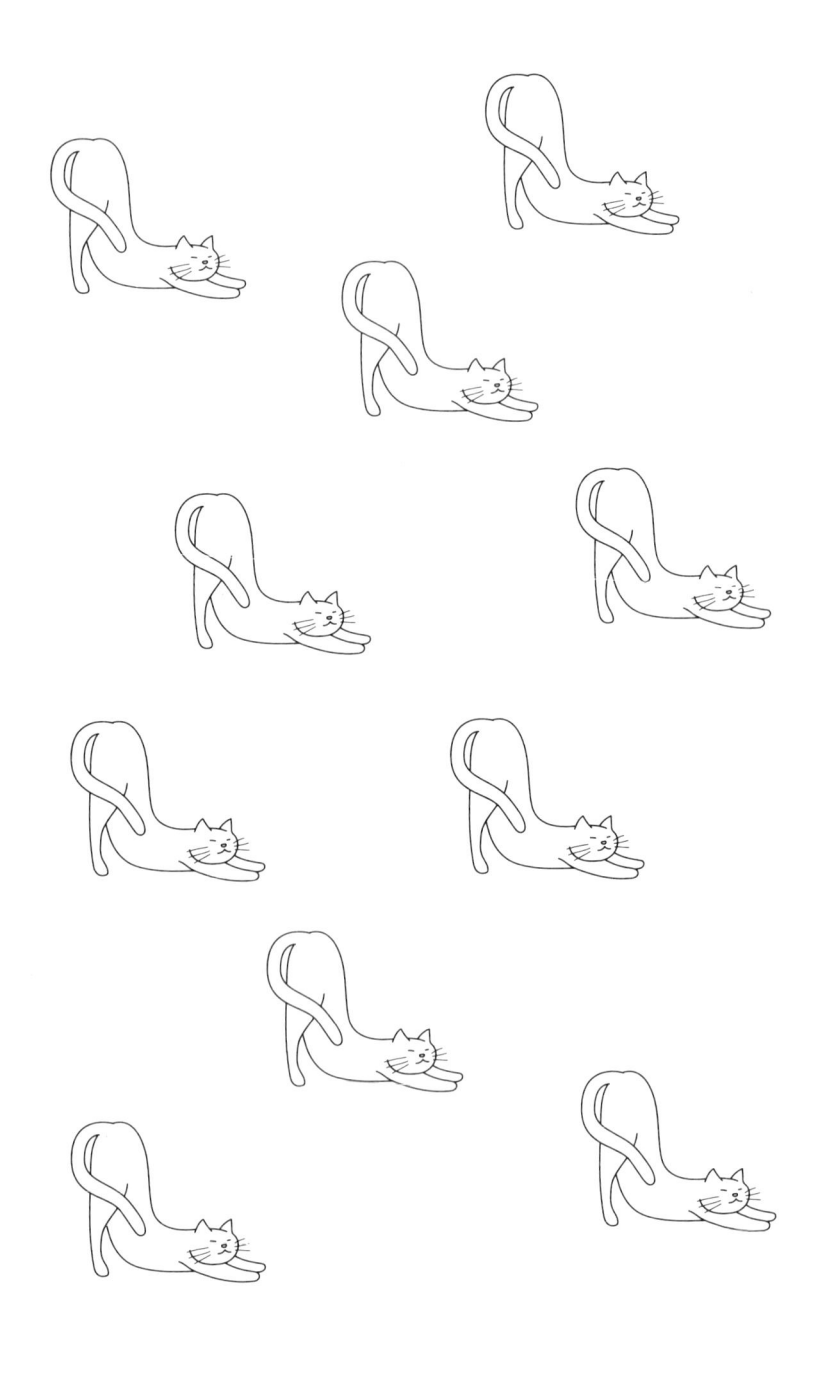

我们 一起 变好玩

篇章二

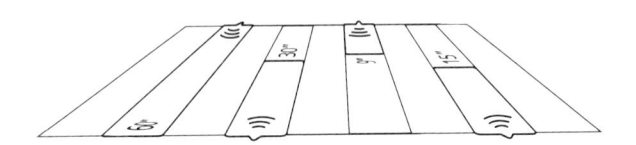

斑马线

后来我们聊天

有一搭没一搭

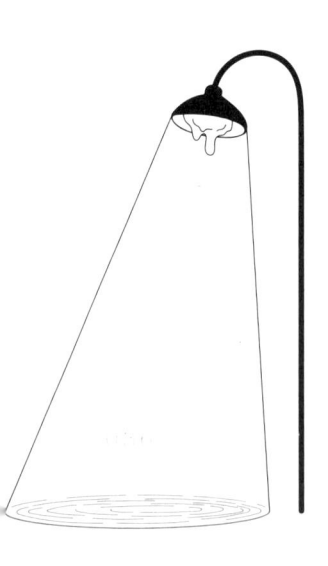

路　灯

它弯着腰

想要抚摸我的头

我一言不发

用光洗了个澡

纸

如果写得不好

就是在浪费彼此的一生

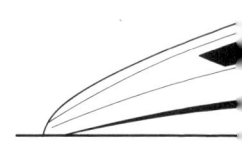

效　率

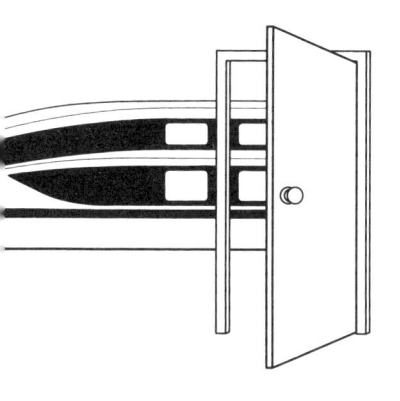

我家离动车站很近

随时可以私奔

雨

乌云在天空蹦迪

满头大汗

雨　刷

下雨的时候

我才能和你挥手

因为阳光会把我的胆怯

照得一览无余

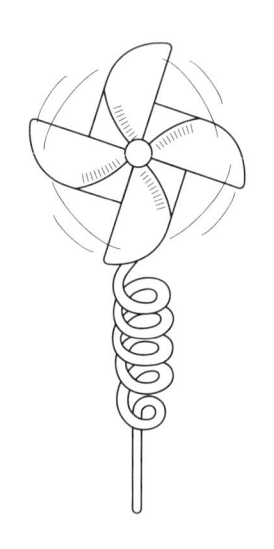

风　车

风把我吹得

团 团 转

后视镜

我见到的每个人

都离我越来越远

见你时会冒泡

不见你时

只想当黑色废料

可　乐

晚　霞

天空打翻颜料

花了一个傍晚清洗

这个恶作剧

真令人开心

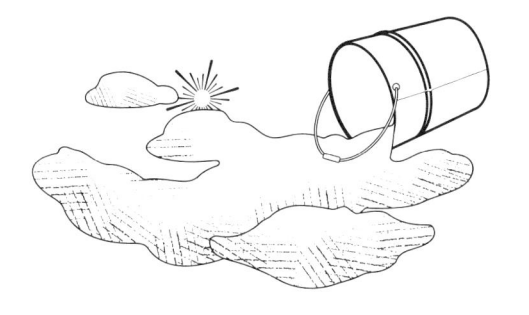

感冒药

想你

一天三次

每次十秒

谨遵医嘱

只对你感冒

日记本

秘密并不知道

自己的秘密在第几页

主人公也常常忘了

哪个缩写是主角

一个童年

我没有靠山

我背对山

投奔海

谁跟谁啊

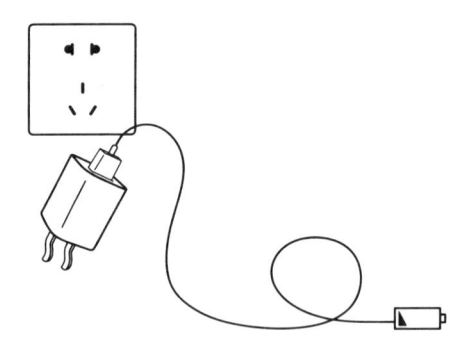

连续加班一周的充电器说：

好累啊

我需要充充电

气 球

再给我加油打气

我就爆炸

我要泄气泄气泄气

飞到天上去

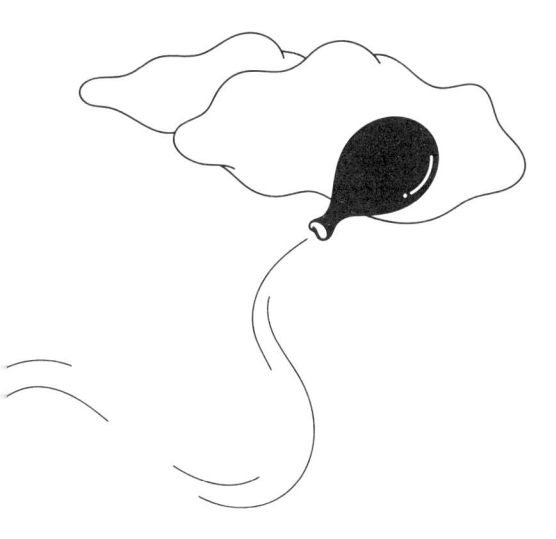

体育课

我躺在草地上看云

足球飞过来

云出现一个窟窿

我爱过很多人

每次游戏结束

它都会提醒我：

转发到朋友圈

获得一次复活机会

红绿灯

路人以为

绿灯和红灯永远不可能相遇

相爱的人却说

黄灯时他们融为一体

浏览器

我们偷偷提问

获取别人的答案

然后继续犯错

猜　拳

我出个门

天空出个太阳

我赢了

一个灿烂的午后

时　钟

下午三点

伸个懒腰

错 位

椅子也快忘记

自己的主人

是堆满的脏衣服

还是堆满脏衣服的人

摇 滚

走路听歌摇头晃脑

路人问我在干吗

我说:我正在把

音乐倒进耳朵里

西 瓜

在我心上挖了一个洞

还要问我甜不甜

微型世界

小时候玩的贪吃蛇

堵在傍晚五点的高架路

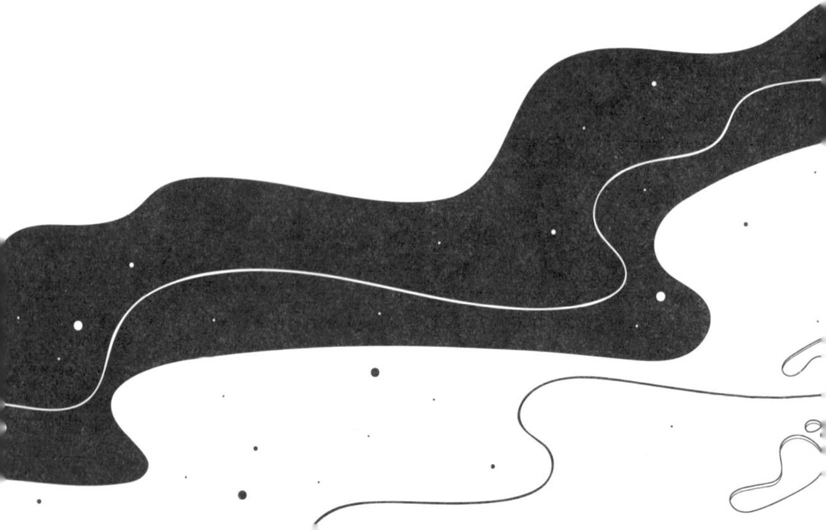

用杯子 盛 一片海

篇章三

转　交

电风扇的风

是想念的人

攒了一个夏天的哈欠

沙滩的清洁人员

海水来来去去

为了清理人类的脚印

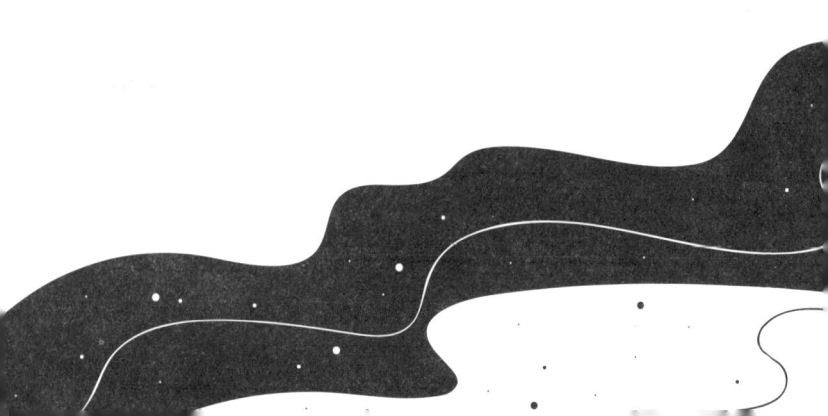

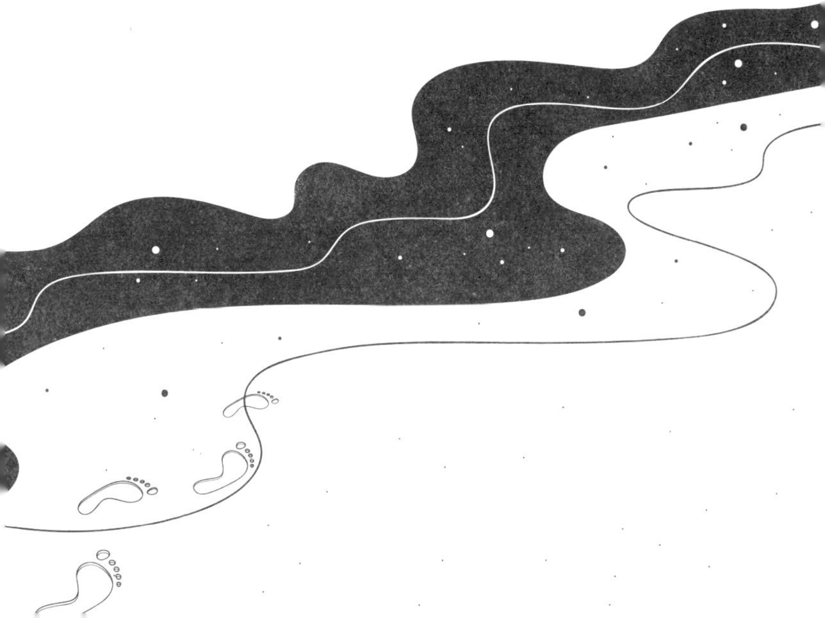

宿 命

摔碎的杯子说：

碰上岛屿

我怀中的海就洒了

喜　放

当花学会照镜子

世界就又盛开了

一朵花

干花沿街站在花瓶里

兜售上一个春天

换季大清仓

SALE

黑　屏

我们以为看见了星星

其实是灰尘蒙了眼睛

清醒的星星

天上的星星

每天都一样吗

还是轮流值班

星星也这样想

人与人

还没学会分辨彼此

模 仿

转过头

刚好看见镜子里的人

也正转过头看我

她在想什么

搞清楚她在想什么

是不是就知道

我在想什么

伤心后遗症

城市规划师的感情

被画了一个叉

就在市中心

造了一个十字路口

供许多人分道扬镳

树与树

树与树

隔着一米

自发芽那天便相识

也许下一个春天

枝叶再繁茂些

就可以牵上手

花与花

我要开得美些

引人观看

这样被折下的是我

祝你平凡

祝你花期漫长

回　眸

你的眼睛

在黑夜

开了一扇窗

站在那里

摘得到月亮

水从悬崖跳下

和风去海边

瀑 布

独角戏

梦里的我向自己求救

醒醒吧

别做梦了

雨　天

我在便利店门口

拿错了雨伞

从此之后

我的天空变成小熊图案的

G

你说我是你

不可缺少的一部分

后来你走了

只留下了这部分

穿　越

车经过隧道

四周暗了下来

我趁没人发现

穿越到下一分钟

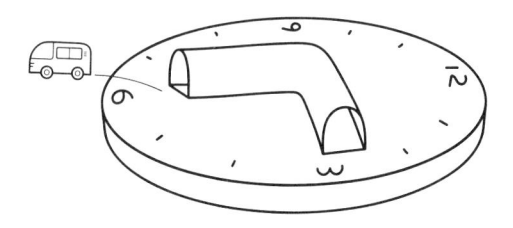

更衣室

女人们

从西方名画走出来

赤裸着身体

我遮遮掩掩

像个贫穷的小偷

买不起画笔

集体出神

没人说话的时候

才是最热闹的

每个人心里都有另一个人

在跳舞

游 泳

我在游泳池里

假装自己是一团火

让呼吸慢慢熄灭

那泳池恰好的水温

是我供给的热度

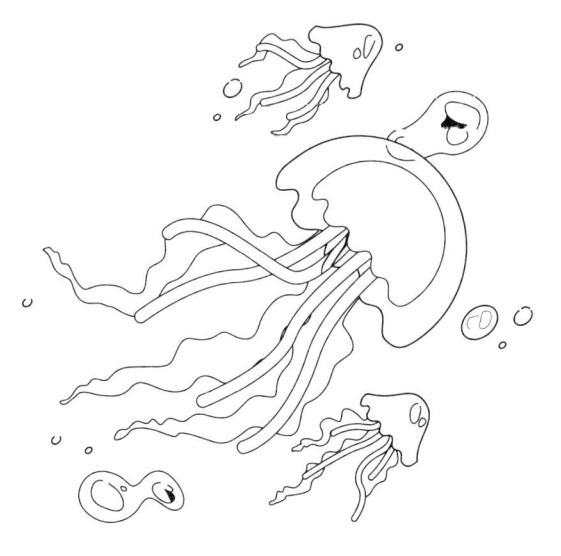

临　终

雨落在衣服上

形成毫无章法的水渍

是云的遗言

人与人

人与人

四处奔波

筛选葬礼宾客

有人神志不清

有人把糖果攥在手心

有人为你探路

先行而去

偶尔 下楼 看看云

篇章四

游 戏

我抬头看

城市歪歪扭扭的高楼

上帝正在玩俄罗斯方块

它也

不太擅长

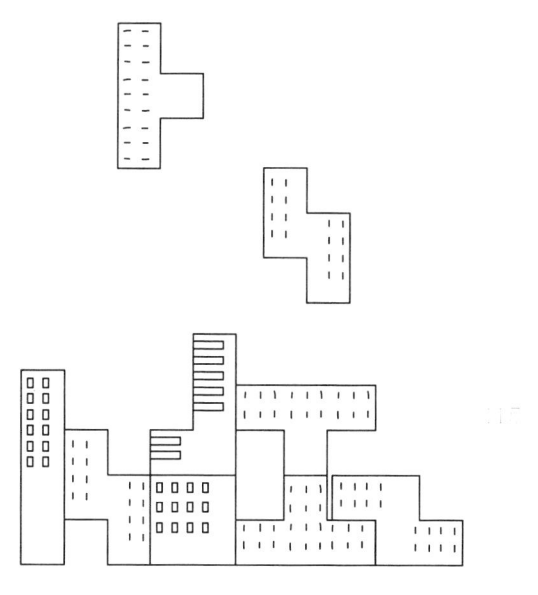

打　工

我们依次被关进格子间

和一张桌子、一台电脑

共度一生

青春打印成一张封条

贴在工资卡那一栏

每天七点

我们等月亮认领

偷偷溜出去放风

喝酒，恋爱，纵情高歌

那些更听话的人

留下来加班

网　络

低头玩手机

一不小心失足栽进手机里

溅起的水花不足以引来关注

别人隔着屏幕

直播观看一场溺水

人人有责

网上没有清洁工

我昨天写的垃圾

今天还没有扫掉

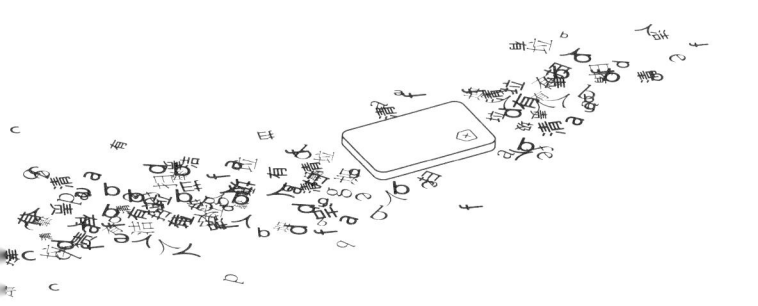

作息规律

我没有早上

也没有晚上

我只在中午出门买饭时

和世界见一面

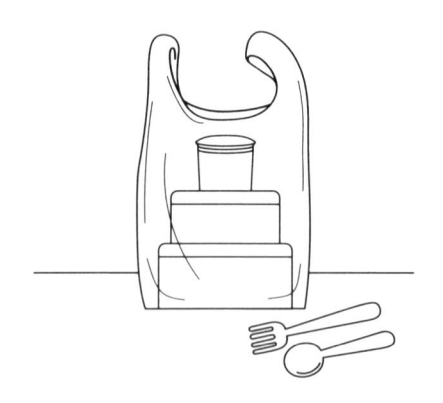

欢 迎

你来了

太阳出来了

风也来了

满叶子的阳光落在我肩上

礼 物

朋友发来他新拍的落日

我小心保存，等到晚上

把它挂在朋友圈

偷偷照明

共　鸣

我坐在公交车上看书

经过隧道

和主人公共度一个黑夜

天亮了，人走了

我决定

写一个光明的结尾

摄影师

窗户

给春天拍了照片

打印出来

送给我的眼睛

一个人

我一个人吃饭

读书、坐车、看病

没有人认识我

真好

我刚到这座新城市

就学会了隐身的魔法

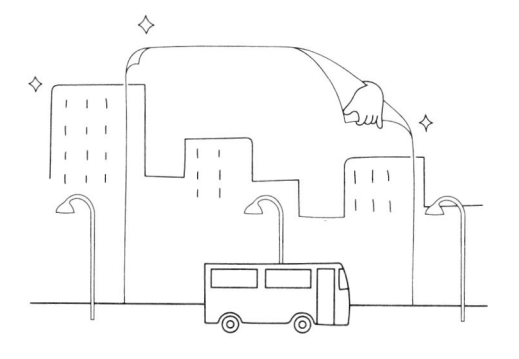

过来人

当妹妹十八岁时

我做的唯一一件事

是避免自己告诉她

当我十八岁时

别人奉劝我的话

酒 馆

酒杯碰着酒杯

耳语:

这里的人类

总是借我们勾小指

大户人家

互联网地大物博

每个人都拥有许多房子

文字砌起的墙

情绪堆叠的瓦

塌了一座

又买一座

没有门牌号

找不到你家

默　契

楼道里有人大哭

感应灯突然闪了

它和我一样

同时受到了惊吓

失　眠

我什么都不想想

就这样想着

想到了天亮

我的解法

我的每一天都不是新的

每一天的我

都是过去的排列组合

语文里常说你变了

数学只会告诉你算错了

阳　台

我的阳台

可以看到远处的公园

却被用来晾衣服

衣服们没有错

是我没站对位置

人体是搅拌机器

快乐一半

悲伤一半

跌倒了

快乐和悲伤混在一起

不知道该哭还是该笑

自然规律

云是天空的泪腺

攒够伤心事就下雨

落在海底变成秘密

落在眼里沦为证据

你问人类为何总是伤心

我说欢迎来到多雨地区

没接住也不会怎么样

好心人提醒我钥匙掉了

可我已经在扶梯下行

他从扶梯口

把钥匙丢了下来

我接住了

仿佛接住了命运

巧 合

去年这个时候

阳光和雨水都很多

爱打伞的你

正在喜欢我

不合群

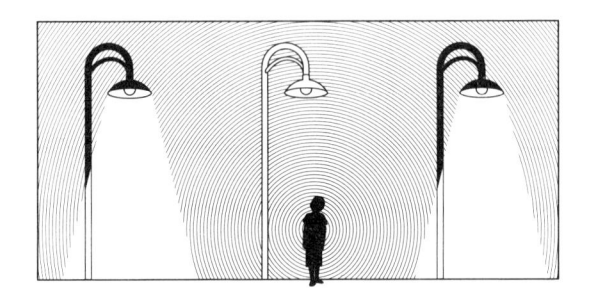

小区门口的路灯

只有一盏是坏的

　　我站在旁边

　　陪了它很久

冒 失

门前的枯枝

今天冒出新芽

是哪个贪玩的孩子

连夜赶了一篇

关于春天的作文

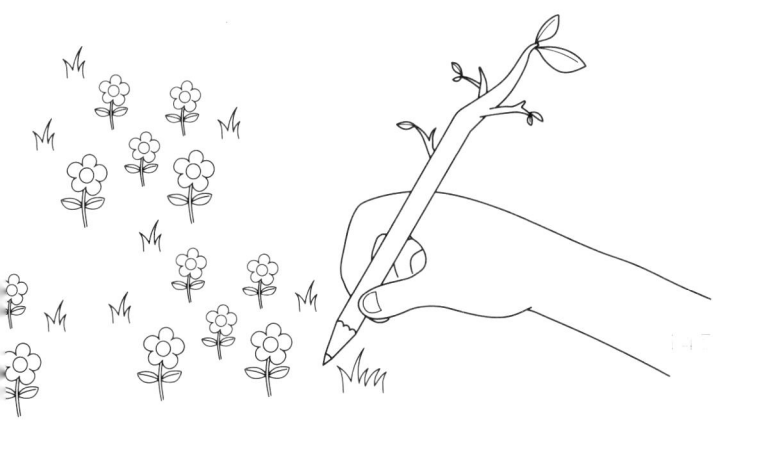

天才无解

笨蛋会有人喜欢吗

笨蛋太笨了

想不出答案

他去问天才

天才说:

笨蛋太笨了,才以为没人喜欢

你想说又没说出口的话

被当晚的垃圾车收走

和遗憾、气愤、难过

混杂在一起

变成了脏话

讲卫生

清醒的人

在地铁上睡着

又被邻座的电话声吵醒

真可惜啊

按照梦里的剧情

下一站我就可以见到你

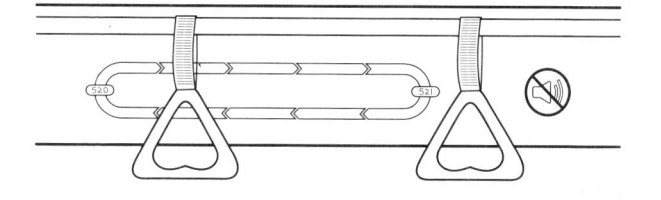

什么 时候 去散步

篇章五

拐 弯

我不喜欢站在笔直的路上

提早和你打招呼

尴尬地走好久

我不介意转几个弯

然后,不小心撞到你

你变成了月亮

我走过一座桥

就想到这比我们停下来吹风的那座桥

旧一点,长一点

我在迷路时遇到花店

店员小心修剪花刺

比你送我的那朵懂事一点

后来我再遇见谁

都有了无法避免的参照

唯独月亮还是那个月亮

我在深夜抬起头

突然意识到这深深的遗憾

永远在天上

我啊,还没有和你一起

偷看过月亮

路 痴

路标那么大

还是有人迷了路

心里亮起了红灯

怎么走都是在闯红灯

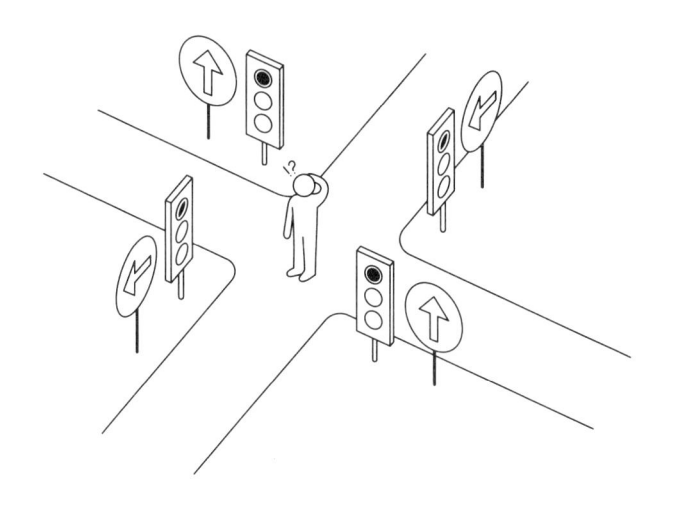

听妈妈的话

如果我喜欢你

和你喜欢我

隔着一个春天

我会在我家后院

种满迎春花

妈妈说

我们家没有后院

喜欢一个人

要跑到春天里去

不要等

失 手

想住进你眼里

一见钟情

却成为你影子

离不开你

落日夏天

夏天打折季

我们一起去海边购物

日出和日落买一送一

贫 穷

我的心里

需要扩建一个客厅

大家来了看看电视

闲谈些什么

来来去去,不必在意

可是,我只有一个房间

你来了,是要住下的

不然我会伤心

新裙子

穿着碎花裙奔跑

我在兜风

碎花在春风里

重新盛开

大　方

阳光照在椅子上

如果你愿意坐在我旁边

椅子是你的

阳光也是你的

小纸条

把青春对折

是一张小纸条

塞在抽屉里

被家长当成垃圾

丢掉

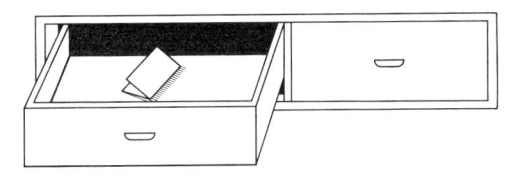

生日快乐

他们太不礼貌

常常说爱你或想你

我攒了365天的勇气

只说一声生日快乐

再逃开十米

我们说好

毕业后要一起去看海

可海是什么样

我从来都不期待

约 定

地　图

把过去摊开

是一张旧地图

越留恋的人

越找不到新大陆

向前走是迷雾

回头看是冤枉路

别人笑你

笑你的心浩浩荡荡

什么时候定都

错 怪

想你的时候

大雨敲窗、夏虫晕唱

汽车驶过凌晨两点半

全世界都在故作声响

有空吗

你不来

世界是空的

你来

我是有空的

心　事

心门打开

把话搬出来说

一上称

轻了五斤多

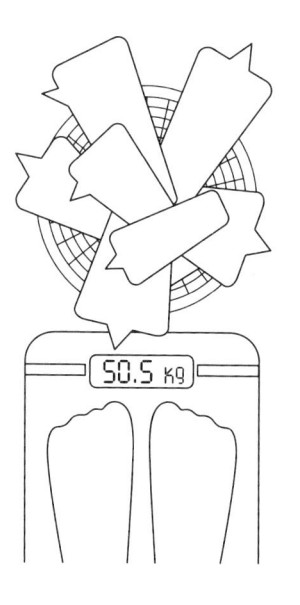

愿　望

我想成为一张床单

晾在外面

风轻拂我

阳光温暖我

自然万物广阔地注视我

如果雨来

会有人急急忙忙将我收藏

公 转

路灯只能照亮半边脸

你另外半边的脸

从我的眼神里逃脱

悄悄和月亮

重叠

回　家

那天我看见

墙上挂着一张地图

世界被摊开来

像一张薄饼

我咀嚼着陆地

用海水解渴

它本来那么辽阔

却又被概括

我开始怀疑

是否有人是真的迷路

耳 机

歌听得太认真

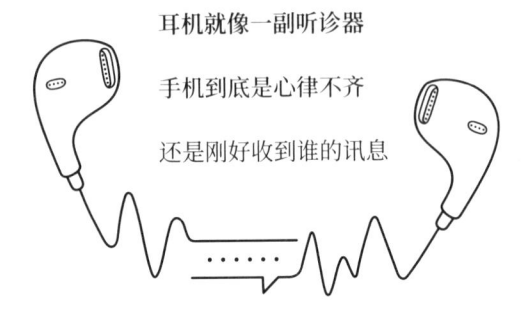

耳机就像一副听诊器

手机到底是心律不齐

还是刚好收到谁的讯息

猎　物

猎人的枪

打中一朵花

花从树上掉了下来

这种凋谢方式

花也是第一次见：

我帮一只鸟逃过一劫

再来一瓶

和喜欢的人

友好告别的心情

就像中了再来一瓶

还有下次

还有下次

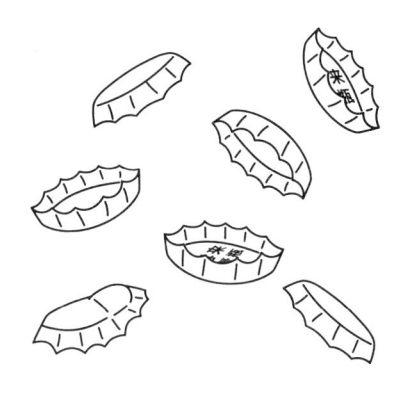

"接"的造句

小张接小李的话

恋人接恋人下班

搬运工人接过搬家者的行李

但世界是个蹦床

最后能接住我的只有我自己

轮　回

知道凋谢的必然

花还会开吗

人在一个春天的早上醒来

忘记上一次入睡

就是一次枯萎

一捧风

我站在风里说话

你没听见

但风听见了

它绕场一周

邀请许多树为我鼓掌

钟　摆

我兜兜转转

试图画一个圆满的结局

然而时间睡了一觉

躺在原地

晾在一边

很少有花开到十月

我把粉色连衣裙

晾在树上

永远不会凋谢

我不能和你说了

我很想告诉你

今天的云很好看

可我一抬头

我的天空万里无云

我不能和你说了

当一个 快乐的 小孩

篇章六

自己做主

小时候

大人只会夸我聪明

长大后我终于可以

当一个快乐的小孩

七月是没有结果的

七月,我穿着绿裙子

模仿夏天里的一棵树

站着

你说的话吹了过来

我好像成熟一点了

年长的农夫指着

我肩上好看的花纹

和妻子说

那朵花

是没有结果的

台　阶

蹲在地上太久了

腿麻

踉踉跄跄下台阶

低头一看

影子骨折了

童年小说

童年

不是已经发生的遗址

而是一支断水的圆珠笔

断断续续地

写在我的成年时期

每发生一件大事

它便写一笔

端端正正的小学生字体

告诉我这一切发生的原因

成年人的欲望漫了过来

字迹模糊不清

我沉浸在我的小说里

它写了一个拯救我的情节

镜　子

为了不看清自己

我决心打碎这面镜子

一半碎片丢进海里

一半放在心里

直到它成为古董

会有一个懂行的商人

不爱大团圆

爱我那道破碎的裂缝

坏　蛋

终究没能像电影里那样

成为一个坏蛋

作为上好的鸡蛋

只好接受被吃掉的命运

悲伤的具象化

脑袋被我屏蔽了

心脏也接受我的欺骗

我空空地坐在今天

突然肚子疼

啊,有些事还没消化啊

禁止靠近

站在悬崖边

看见山谷里装满大雪

阳光每靠近一寸

就多盛产一寸眼泪

拯 救

光,被窗子切割成

摇摇欲坠的斜斜的窗子

我走过去

想要把光扶正

它却倒塌为

一个人的倒影

真　相

时间是一张抹布

我是布上剩余的污渍

一道拧巴的勒痕

其中尚且洁白的部分

是云、雪、白鸽的住址

以及我想说却没说的话

视　角

我送你一朵花

你说花会枯萎

我说枯萎也很好啊

后　来

黑与白是一种比较级

你关上灯

光才照进来

你不爱了

才学会了爱

好习惯

写完作业再吃饭

陪我留堂的太阳

饿成了月亮

生　存

爱是零食

不是粮食

你什么时候来

我都不会饿死

逃跑的洗衣机

当你向我伸出手时

我便在心里打滚

需要晾个一天一夜

才能重新见人

理 想

我洗澡时唱歌

走路时唱歌

儿童节第一个出场唱歌

可我没有成为歌唱家

而是成为一个

说得比唱得好听的大人

女孩,出去走走吧

女孩,出去走走吧

这眼前的风,我说了不算

你应该独自去吹一吹

它是浪漫的,也是未知的

你顺着它走,或者逆着它走

尽管走得远一点

你会遇见没有路的山

没有船的海

没有爱人的爱

没有答案的问题

如果走累了

请丢掉你的行李

课本是无用的

衣服是无用的

说教是无用的

连同我对你的担心

也一并丢掉

每个人在这世上,都应该一身轻松

所以女孩,出去走走吧

月亮会照亮你的黑夜

五年前我离家出走时

已经拜托过它了

交 换

我的鼻子、头发

和一颗歪了的牙齿

是妈妈

从她的妈妈那里换来的

作为交换

我送给她一些打湿的床单

和凌晨三点准时的哭声

我还不会说为什么

妈妈告诉我交换是世界运行的守则

她用五毛钱换了一包糖果

用三年劳作换了学费

用少女的自己换了少女的我

妈妈,又换了新的一岁

我看了看自己的口袋

只有五岁时没吃完的糖果

我不会说甜言蜜语

妈妈也不是爱吃甜的年纪

我决定什么也不还给她

站在太阳底下

晒一晒她给我的头发

牙 齿

你是一颗牙齿

咀嚼过酸甜苦辣

却没有真正吃过什么

你必然要等待一个人老去

用柔软又腐蚀的内心

和陆地硬碰硬

你不会受伤

因为已经没有储藏伤口的地方

世界的真相就躲在口腔

吃进去又消化掉

贪得无厌,最后什么都不剩

我是掉落在你身旁的另一颗牙齿

我说真巧啊

我们沉默地抬头

观赏天上的星星

这是口腔不曾拥有的风景

除非我们等到一个人类

遇到另一个人类

站在夜空下不由自主地

放声大笑

露出一排整齐的牙齿

细腻与温柔

浪漫与可爱

喧嚣与孤独

缤纷与荒芜

愿你爱这热烈又滚烫的生活

也爱这用生活写下的诗